KB162209

곡비

哭婢

천창우 歌辭詩集

필자는 한국전쟁에서 부친을 잃었다. 어머니는 필자의 나이 아홉에 시골교회 전도사로 시무하시던 외할아버지 주선으로 그 교회 출석하던 반공포로출신과 재혼하여 슬하에 6남매를 두었다. 필자는 어려서부터 대부代父로부터 그분의 생에 관한 얘기를 자주 들으며 자랐다. 시간만 나면 마을 청년들이 찾아와 억센 평안도 사투리에 담긴 파란만장한 삶의 얘기를 자주 청해 들었다. 저자도 그들 틈에서 흥미롭게 얘기를 들었다. 따라서 이 가사시집은 전후 한국의 격변기를 헤쳐 온 살아있는 이야기이며 한 인간의 고백일 뿐 아니라 인간의 존엄함이자 우리 민족역사의 비극이다.

필자는 성장하면서 특히 문학과 종교학을 연구하면서 인간의 존엄성과 북과 남에 처자를 두고 사는 대부의 정신적 갈등에 깊은 관심을 가졌다. 초등학교 5.6학년 무렵 어머니와 크게 다투고 뒷곁 나무청에서 혼자 하늘을 향해 눈물짓는 대부를 본 후로 북에 대한 가족의 그리움과 평생 그에게는 녹녹찮은 타향살이였을 남녘의 삶에 대한 갈등이 궁금했기 때문이다.

그러나 직·간접적으로 묻는 저자에게 한 번도 속내를 드러내 보여주지 않았다. 심지어 본 가사시집 자료보완을 위해 요양원으로 찾아가 묻기도 했지만 끝내 94세로 희미한 자신의 기억에 묻고 말았다. 다만 지금까지 필자가 지켜본 그분의 삶과 어머니의 장례식을 앞두고 남기신 말씀, 그리고 간혹 어머니를 통해서 들을 수 있었던 얘기로 그것들을 유추해 볼 수밖에 없었다.

우리 모든 사람에게는 태어나면서 단 한 장의 백지 도화지를 부여받아 삶이라는 물감으로 그림을 그린다. 어떤 사람은 평탄하게 한 장의 그림을 완성해 절대자에게 제출하고 어떤 이는 스스로 또는 외부의 영향으로 그 그림을 망치기도 한다. 우리민족은 끊임없는 외세의 침탈로 후자의 경우가 더 많았다. 살아있다는 것은 어떤 모양이든지 이유가 있다. 무엇이 평화인가? 전쟁의 잔혹함이 전쟁터뿐인가? 전후에 상처 입은 평화의 치유는 또 어쩔 것인가? 그리고 한 몸이 두 개의 영혼으로 우는 눈물은 누가 닦아줄 것인가? 지금도 우크라이나의 참화를 이웃집처럼 들여다보며 지금은 잊혀져가는 한 사람의 전하지 못한 고백을 통해 오늘을 조명해본다.

대부는 이제 다시 홀로되어 조계산자락 요양원에 계신다. 그분의 전후 71년 동안의 굴곡진 삶을 통해 나와 세상을 바라보고자 다섯 자락으로 나누어 우리 모두의 울음을 대신한 그분의 곡비哭婢를 옮긴다.

2022년 처서에

천창우 큰절

차 례

홑겹 육신이 두 겹 영혼에서 울 때

홑겹 육신이 두 겹 영혼에서 울 때

조계산 골짜기 훑어내린 녹색훈풍
이 능선 저 골짝 물바늘로[1] 치솟아
구르고 엎어지고 뒤죽박죽 내달려
쌍계천서 서로 만나 어리둥실 흐르는데
언제부터 백수白鬚들 시간을 도살하는
노치원 대합실에는 도래솔들 그루잠든다[2]
바람의 창살이야 무쇠보다 야무져
지키는자 없더라도 빠져나갈 수단 없어
체념의 그물에 제 목숨 줄 옭아매고
희뿌연 시야로 마른사지 핥고 앉은
그늘의 뒤안길엔 봄빛이 하도 짙어
창밖의 세상만물 앵두보다 영롱해라
이승과 저승이 눈꺼풀에 달려있어
천만리 고향뒷산 연두봉도 지척이라
어제도 오늘인 양 눈에 담겨 선연하니
떠나온 고향집이 뇌리에 청청해서
차라리 치매에 묻어 그리움을 잊을까

---

1) 물바늘 : 수증기, 물안개의 우리말
2) 그루잠 : 깨었다가 다시 든 잠

평안남도 함경남도 살피를 가르는
그림산 능선에는 진달래꽃 피고지고
평안남도 양덕군 온천면 하천리
아스라이 펼쳐진 임천동 들녘이랴
"이~~허 쫏! 쫏! 오~호 도~라!
안 소는 스라니 안에서 돌아치고
밖 소는 스라니 밖에서 돌아쳐야지
겨리가3) 기울면 밭이랑이 굽진단다
허스렁~ 허스렁~ 안 소야 밖 소야
오뉴월 쌔빠진 해 서산허리 앉았잖니?
네놈들 쇠꼬랑지에 불똥침을 놓을까
헤~~이 이~이랏! 어서가자
눈치코치 엿 바꿔먹고 양반능칠 녀석들아
우리 각시 정짓문에 눈 빼박고 기다림메
언제 다 갈끼고 어여 갈고 집에 갑세
허~이어~ 헛! 스라니 돌~고!
허스렁~ 허스렁~ 허이야 허이사~!"

---

3) 겨리 : 두 마리의 소가 한 쌍으로 끄는 쟁기

능청스런 농부타령 지는 해 잡아채어
산 넘고 물꼬 건너 논밭살피 갈라치면
산그리매 좇아 내린 어둠이 자릴펴고
보릿단 낟가리 째 등짐 진 머슴아이
지겟목 뚜드리는 목침장단 낭낭한데
비익조 외로운 새는 갈 수 없는 고향땅
겨리를 좇아가며 먹이 찾는 해오라비
흰 날개 얻어 타고 뒷동산에 내려서면
그리움 고여 삭는 안개개핀 고샅길
할아버지 헛기침에 새벽이 눈을 뜨고
이슬진 뜨락엔 굴뚝연기 낮게 깔려
눈부비며 마당 쓰는 아버지 싸리비에
밀려났다 휘돌아치는 춤사위가 고웁다
부엌에는 아침짓는 꿈에 본 어머니
깨끼적삼 모시잠방이 앙가슴 아래로
검붉게 농익어서 출렁이는 오들개
눈동자에 밟혀서 온기 아직 따스한데
빛바랜 홑겹남루 뒤집어 쓴 내 허물만
두 영혼이 나뉘어 피 흘려 싸우는

여기는 이승의 마지막 역 대합실

창밖의 오월산하가 푸르러서 서럽다

어머님 치성드려 삼대독자 날 낳고

손대면 꺼질세라 보기에도 닳을세라

열세 살에 솔서보내[4] 대 이을 손 고대하다

뒷산에 토굴파고 별빛을 등불삼아

숨죽인 싸릿대로 연기사른 밥을 짓고

인민군 강제징집 피해온지 석 달 열흘

가족들 들볶는 인민보위부 등쌀에

인민군 입대하여 오전 오후 하루 두 번

두테산 시오릿길 물 긷다 통한 주민

이남으로 내뺄요량 있다며 귀띔주네

가진 돈 다 건내서 군호를 얻어쥐고

접선한 대원 따라 몽금포로 가는 길

샛별을 길라잡이로 팔십 리길 걷는데

선두의 유격대원 왼손 번쩍 치켜드네

일행은 연기처럼 수로로 스며들고

---

4) 솔서率壻- 조선시대 남귀여가男歸女家의 습속으로 혼례를 치룬 사위가
   자식을 볼 때까지 처가에서 살다가 본가로 돌아오는 풍습이다.

따발총 거꾸로 맨 인민군 대여섯
담배연기 내뿜으며 코앞을 스쳐가네
피난떠난 빈집뒤져 허기를 채우고
사흘 만에 당도한 몽금포 갈대숲
그림자처럼 다가오는 검은목선 한 척
군호를 주고받고 기슭에 배를 붙여
일행이 승선하니 뱃전 파도 널름대고
처음 타본 풍선風船은 키질하듯 까부니
육짓놈 오장육보는 용궁토끼 간이라
"옴짝말고 쥐죽은 듯 엎어져 있으라요!"
노 젓는 소리에 잔별조차 깰까봐
놋봉에 물 축이며 숨죽인 대여섯 시간
동틀무렵 무사히 백령도에 닿았네
썰물 때 기다려 보름 만에 모래뻘 이륙
화물기로 날아서 대구비행장 도착하고
눈치로 연합군 신원조사 통과하여
그들이 작성해준 내 영문 신상카드
내 손에 쥐고서도 내 운명을 모르겠네
알파벳이나 아는 장정 요령피워 미군군속

어떤 이는 고향 찾는다 유격대원 자원하고
남은 일행 인솔하여 화물열차 태웠는데
도착하니 생경한 말씨 부산이라 일러주네
부두에서 LST타고 거제도 포로수용소
인민군 포로라고 85막사 배당하네
배당받은 막사로 줄지어 가는 길
수용자들 벌 떼처럼 철망에 달라붙어
행여나 낯익은 고향사람 찾을까
혹시나 가족소식 귀띔할 수 있을까
따라오며 고향을 묻고 전황을 물어보네
정전협상 시작되자 포로교환 논의되고
포로는 원하는 나라 보내준단 소문에
전염병처럼 번져가는 전향자 막으려고
친공 반공 포로들 내일 없는 살육난동
자고나면 동료들 쥐도 새도 모르게
처형돼 뺑끼통에5) 토막사체로 처박히고
각을 뜬 시신들 육포처럼 철망에 널어

---

5) 뺑기통=드럼통을 잘라 만든 이동식 변기통

자유의사 선택에 대못 치는 좌익폭동
그 공포 이 두 손으로 닦아내던 순간들
때때로 사람들은 아픈 상처의 기억보다
상처를 잊어가는 망각 먼저 배운다네
덧깨진 망각파편 폐허위에 굳어가도
그 자리에 시린 역사 또다시 써 가기에
유대인에 고개 돌린 광야의 단독자는
사람을 외면하고 돌아앉아 버리셨네
캐터필러가 평화로운 침실을 짓뭉개고
미사일 불꽃놀이로 병원을 불태우며
"남의 나라 사람 피로 욕망을 채우는"6)
탐욕의 제노사이트는 이순간도 피를 불러
대지의 신음소리 천둥으로 우는 날
날 기다리시던 어여쁜 사람아
그대는 지금도 정짓문에 기대어
등 보여 떠나간 사람 기다리시는가?
뒷산의 춘색은 속절없이 짙어가고

---

6) 우크라이나 대통령 볼로디미르 젤렌스키의 항변에서 따옴

쌍계천은 봄비에 흥이나서 어우렁더우렁
어깨춤 들먹이며 바다로 떠나는데
내 영혼의 꽃으로 핀 아들아 딸들아
나 언제 꽃잎 따라 훌훌히 지거들랑
들풀처럼 일어선 불꽃으로 다림질하여
한줌은 맨발로 남쪽에서 동행한
네 엄마 곁에다 다독다독 묻어주고
한줌은 통일된 어느 해 그 봄날
내 고향 북녘땅 연두봉 양지쪽에
두고서 떠나온 열여덟 여린 아내
손덕산7) 곁에다 고이고이 묻어주소
헤어져도 헤어진 기억이 없었고
함께여도 이별뿐인 서러운 삶이라서
죽음보다 독한 이별 이제는 다시 없이
영원히 사랑하며 한 몸 되어 살도록
회색빛 기억토막 목울대를 쳐내며
서럽게 두 겹 영혼이 한 몸에서 우는 봄

---

7) 북쪽 고향에 두고 온 아내의 이름. 대부는 부농의 삼대독자로 13세에
   18세의 손덕순과 결혼하여 복식과 복순 두 딸을 남기고 월남하였다.

18

고현천 사백어의 눈물

고현천 사백어의 눈물

마침내 내어드릴 영혼마저 떠나가고
육체는 기억할 궤적조차 까마득해
마지막 속내까지 긁어내고 투명해진
고현천 사백어는8) 봄을 잃어 서럽다
인천상륙작전에 허리 끊긴 공산군
부산임시수도는 십만 포로 끌어안고
좁은 땅에 삼부요인 피난민 유엔군
화약고를 방불케 한 위험한 동거생활
제주도에 수용하자니 모든 여건 부적절해
연합군이 선택한 비운의 섬 거제도
1951년 2월에 첫삽 뜬 알바니작전9)
듣도 보도 못했던 중장비들 굉음이
며칠 만에 건설한 고현·수월지구 천막촌
그해 6월 말에는 인민군포로 15만

---

8) 사백어(死白魚:Ice goby) : 농어목 망둑어과로 거제도를 중심으로 한
   남해안 연안의 얕고 깨끗한 곳에서 떼를 지어 유영하다 봄이면 산란
   을 위해 인근하천으로 올라온다. 성어는 5cm 정도며 생전에는 투명
   하나 죽으면 백색으로 변해 사백어라 불리며, 현지인들은 "뱅아리"라
   고도 한다.
9) 알바니 작전 : 거제포로수용소 건설작전

중공군포로 2만 여군포로 3백 명
이들을 관리하는 1만 명의 연합군
부산입항 거부당한 크리스마스 기적의 배가
장승포에 상륙시킨 14,005명 함흥철수민
목숨을 담보 잡힌 군상들 모여들어
보이지 않는 내일을 영위하는 거제도
날마다 신음하며 침몰하고 있었네
밤마다 치를 떨며 잠들지 못하였네
적십자사 감시 하에 호강하는 포로들
하루에 수용소가 소비한 쌀이 94톤
우리네 쌀가마니로 1,175가마니 삶아내고
일본에서 들여온 '자유'담배가 열 까치
원하면 한글공부 직업교육 영화감상
포로올림픽 개최하며 전시戰時를 망각했네
배부르고 등 따시니 하던 버릇 개줄까?
제76호 막사에 열혈당원 모여들어
막사에 지하실 파 비밀아지트 만들고
"거제도에 눈이 온다"
"거제도에 눈 개었다"

라디오 난수표로 암호지령 주고받아
철조망에 건설한 그들만의 이념제국
확전을 원치 않는 강대국들 수셈에
정전협상 다섯 가지 의제를 내걸고
북진통일 공허하게 시작된 정전회담
철조망 공화국에도 지령은 날아들어
제네바협정 들이밀며 17만 공산포로
무조건 소속국에 송환하라 제시한
공산군 측 요구 걸고 봉기하란 지령에
포로의 자유의사 존중하란 반공청년단
살벌한 쌍방의 이데올로기 싸움으로
무참한 살육은 밤마다 지속되고
핏발선 눈빛들 차갑게 번득이네
포로에게 수용소장이 포로로 구금되고
공산주의 수법에 놀아난 톰슨준장
삼일 만에 도드준장 구출해 냈다지만
포로들이 강요한 각서에 서명하니
이 박멸 디디티는 화학무기 사용이요
폭도가 처형한 반동자는 포로살육

직업교육 문맹퇴치 문화강좌는 강제회유

무차별 포로학대 자행한 자인서 돼

17개월 지루한 삿바싸움 시비꺼리로

세기의 희극을 연출한 무대됐네

좌익은 좌익대로 우익은 우익대로

용공교육 반공교육 총동원령 하달되어

피아가 감시하고 서로를 비난하니

한 담요 아래서 위로하고 위로받던

제일교포 은행지점장 점잖은 짝 동무

미제 첩자라 고발돼 몰매맞아 죽어가는데

분노한 척 린치에 동참하지 않으면

나 또한 의심받아 자아비판 대상되니

앞장서 짓밟고 들개처럼 물어뜯어

어금니 앙다문 치욕의 밤 지새고

아침되자 빵끼통에 토막사체 처박아

세상에 이름 하나 흔적 없이 지우네

새벽마다 허리바께스10) 행렬이 줄을 잇고

---

10) 허리바께스 – 빵끼통 양쪽에 손잡이를 붙여 두 사람이 들고 운반하게
    만든 인분통.

오물은 고현천따라 고현만에 흘러들어

서식지 빼앗긴 사백어 떼는 떠나고

바다에 인분 함께 부유하는 사체들로

미국군 CIC[11]가 모든 포로 재분류하니

백지에 포로번호 남南자 북北자 기록해

본인이 여단부에 제출하라 하명하네

재분류가 끝나자 더욱더 살얼음 진

자유선택 반공청년단 무조건송환 해방동맹

총성 없는 잔혹한 이데올로기 아비규환

동무의 속엣말 자아비판으로 돌아와

밤마다 올가미로 숨통을 조여드니

"도야여년度夜如年 도야여년"[12]이라

---

11) 증언자는 미국 CIC(방첩대)라고 하나, 자료는 1952.04.10. 유엔군 사령부가 공산군포로를 대상으로 실시한 조사로 보이며, 이 조사에서 공산군포로 17만 중, 약 10만이 자유송환을 원한 것으로 나타났다. - 박태균, 『한국전쟁』, 2019, 14쇄, (주)도서출판 책과함께.

12) "도야여년度夜如年" - 1597.09.17. 명량대첩에서 패한 왜구들이 이충무공에게 보복하려고 아산의 본가에 사무라이들을 보내 아들 면葂을 살해했단 비보를 접하고 충무공이 애통함에 식음을 전폐하고 난중일기亂中日記에 적은 한시의 마지막 24.25행으로 "밤을 지새움이 일 년만 같고, 하룻밤 지샘이 일 년을 보내는 것과 같구나"란 의미.

아침에 뜨는 해야 영원히 지지마라
저녁에 지려거든 영영히 뜨지마라
그래도 어김없이 밤은 가고 새벽이 밝아
팬티바람에 신축중인 식당공사 노력동원
나른한 오후나절 허리 펴고 둘러보니
연합군이 경비하는 정문초소가 150m 쯤
20m마다 경계병이 집총하고 사주경계
한 시간마다 중대장이 현장순찰 돌고가네
시멘트 반죽하던 오삽을 내던지고
돌아가는 중대장에게 달려가 발목을 붙들고
"나 좀 살려 주시오!
나 좀 여기서 나가게 해 주소!"
자물쇠 푼 경계병 일제히 날 겨누고
얼떨결에 중대장은 정문을 가리키며
"저기 정문 연합군 초소로 재빠르게 튀어라!"
중대장 지신줄 안 경계병총구 내려지고
눈앞에 빤한 정문은 왜 그리도 멀던지 -
정문초소 뛰어들어 놀란 일곱 초병에게
"Help me! Help me!" ......

두 명의 초병이 장갑차에 나를 태워
경비대대 거쳐서 통역관 대동하고
연합군 사령부에 살육현장 고발했네
탈출한 포로들 장갑차에 모아 싣고
중무장한 연합군이 탱크까지 앞세워
학살자 색출하는 작전에 협조하여
삼백이 훌쩍 넘는 야차들 가려낸 후
남쪽선호 반공포로 육지에 격리하니
공산군 측 위장심사라 연합군을 비방하네
북송을 원치 않은 공산군 포로들을
휴전까지 선진국에 편안히 머물다13)
군사재판 거쳐서 원하는 곳 가라더니
판문점에 내려놓고 포로교환 한다네
회담장에 드러누워 목숨걸고 투쟁하니
북한 측 대표단원 어르고 달랜 설득작전
"사랑하는 부모형제 고향에 다 놔두고
너 혼자 잘 살려고 선진국에 가려느냐

---

13) 심사는 인도군이 중심으로 스위스나 스웨덴 등의 선진국으로 가
    쉬었다가 돌아온다고 했다.

공화국에 돌아와 자애로우신 수령님 품에 안기라"

심사대에 드러누운 반공포로들 한목소리

"한번 속지 두 번 속냐?

너네나 수령 품에서 호의호식 잘 살거라!"

포로들 콧방귀 뀌며 냉정하게 돌아서네14)

목숨 걸고 자유진영 선택한 반공포로

오백 명씩 나누어서 영천에 수용했다

공동묘지에 급조된 상무대로 옮겼는데

어느 저녁 수런수런 전해지는 귓속지령

"자정에 무조건 철조망을 넘으라

밖에서 국방군헌병이 도와줄 것이다"15)

숨죽이는 시간 흘러 자정에 이르니

안에서는 포로들 철조망 기어오르고

밖에서는 국방군헌병 철조망을 자르며

"빨리 빨리!

---

14) 1953.04.08. 양측이 자체적으로 결론을 내리지 못한 포로들 중, 송환을 거부한 반공포로는 5,800명, 친공포로는 600명으로 이들은 중립국 인도군에 이관되었다.

15) 1953.06.18. 이승만대통령의 반공포로 석방으로 유엔군은 탈주포로가 27,312명이라고 발표했다.

연합군이 알면 우리 모두 죽는다!"
칠흑 같은 어둠에 동서남북이 어딘지
인근 민가 문 두드려 평상복 바꿔 입고
무조건 산그늘 좇아 목숨 걸고 내달렸네
무등산넘어 이십곡리 계곡타고 화순에
화순에서 기찻길 따라 밤길을 걷고 걸어
통대나무 철사 엮어 울타리 둘러친
춘양지서 찾아들어 순경들과 밤 지새고
벌교에서 버스로 고흥읍에 도착하니
태극기 흔들며 학생·공무원 환영하네
자유찾아 남한각처 흩어진 반공포로
그들이 바라는 소원은 단 한 가지
살아도 평화요 죽어서도 평화라네
그들의 삶터에 그 소망 가득 담아
수용소서 배워 익힌 직업기술 밑천삼아
평화상회 평화양복점 평화이발소 평화양화점
찢어진 대한민국 평화기원 넘쳐나도
아직도 끝나지 않은 전쟁은 계속되고
이 땅에 그 어디도 참 평화는 없다네

승자도 패자도 없는 포성은 잠들고
거제도 포로수용소 철거공사 시작되자
고향은 왜 떠나 낯선 곳에 누웠는지
무참히 죽어야할 까닭조차 모르는 채
막사주변 여기저기 암매장된 죽음들
1,200구 검게 삭은 이름 없는 백골들
봄이면 고현천 찾아 맑은 물 조약돌에
영혼까지 투명하게 내비친 삶을 묻고
통한의 생生 접어갔을 사백어의 사체들
하얗게 고현만으로 흘러가는 고현천

망부가 亡婦哥

망부가亡婦哥

"자~ 자~아 자이요 자이요!
오세요 보세요 찍으세요 돈벌어요!
돈 놓고 돈 묵기 누워서 콩떡묵기
엎드려서 절받기 총각이 과부 따묵기
시방 안 허먼 집에 가서 후회해요!"
조석으로 찬바람일어 걸칠 옷이 마뜩찮아
담배농가 일손 거들어 돌림밥에 풀칠하며
몇 푼씩 일당으로 모은 품삯 챙겨넣고
과역오일장 장 구경 사람구경 나섰네
장꾼들 울담 친 곳 비집고 들어서니
야바위판 벌여놓고 입담이 한창일세
"요리오고 저리가고 저리가면 이리오고……
찍어봐 눈먼 돈잉께 딴 사람이 쥔이여
아까는 할매가 오만 환을 땄당께!"
자기도 몰래 손길을 쫓아가는 눈동자들
"저거네 저거! 저걸 못 맞춰?"
십 환짜리 한 장으로 좌측 컵을 찍었네
이십 환, 백 환, 이백 환, 오백 환……
순식간에 한달 모은 팔백 환을 다 잃고

갱편16) 떼 준 이십 환 거지처럼 받아서
난장에 멸치국수 한 그릇 말아먹고
신작로 돌부리 차며 돌아오는 발걸음
상부지시 각 면面별로 너댓명씩 배당받아
이집 저집 차례정한 돌림밥 얻어먹고
허드렛일 거드는 낭인浪人 삶이 구차스러
차라리 군대밥이나 얻어먹자 작정하고
용산가서 심사받아 노무자로 분류받고
군산에서 신체검사 부등시라 귀가라네
하늘아래 그 어디 집이 있어 귀가하랴
아는 곳이 고흥땅이라 팔영산 올라보니
산 아래 바닷가에 그림같이 예쁜 마을
삼백여 호 마씨들 모여 사는 남열리
바닷가엔 몽돌들이 하얀 파도 굴리고
짙푸른 방풍림은 마을을 감싸돌아
동네로 찾아들어 이장 집에 머물면서
이장님 도우미로 마을 일 거들고

---

16) 갱편-개평의 탯말. 노름판에서 남이 딴 돈을 거저 얻거나 딴 사람이
잃은 사람에게 약간 떼어주는 돈.

34

새벽마다 돌담길 어둠에 익혀가며
교회당 종지기로 신앙생활 정진하니
마음은 헛헛해도 의미있는 나날이네
전도사님 맏딸로 가끔씩 서너 살배기
사내아이 데리고 머물다가는 산드런여인
주일이면 그녀가 차려주는 점심식사
함께하는 설레임도 남모를 기쁨이라
교회의 잡다한 일 거들며 성경 읽고
동네사람 이곳저곳 보살피니 칭찬일색
전쟁통에 남편 잃고 애 데리고 장사라고
고향의 해산물 이고지고 뱃길 타는
젊은 딸이 속에 맺힌 전도사님 넌즈시
거금도 자택에 가보라고 권하시네
천릿길 걷고 걸어 녹동에서 배타고
금진나루 내려서 면소재지 대흥지나
산허리재 꼴딱넘고 오천교회 찾아드니
전도사 사모님은 어찌왔나 묻도 않고
행랑채에 잠자리 주며 머슴처럼 일 부리네
수주일 지나고 맏딸이 친정에 들려

눈길한번 주지 않고 하룻밤 지내고서
아들만 남겨두고 훌훌히 떠나가네
일상의 정적만 흘러가는 나날 속에
뜬금없이 날아든 노무자 징집명령서
찾아간 군산에는 상복입은 사람까지
영문도 모른 채 소집돼 끌려오고
부대를 편성하니 인솔자 나타나
어리둥절한 징집자들 해산하라 하명하네
오천에 돌아와 또랑갓집 셋방 얻어
선교사 구제 밀가루로 찐빵장사 하면서
이곳저곳 옮겨가며 오륙년 지난 어느 봄날
남열교회 전도사님 맏따님 불러 앉혀놓고
"이 딸은 하나님 주신 나의 첫 열매인데
젊은 여식이 아이 데리고 홀로 사는 게 안쓰러우니
쌩대나뭇골 상답 서마지기 논배미하고
신작로 위에 밭 삼백 평 떼어줄 터이니
두 사람 의지하고 믿음으로 살거라"
손잡아 축복기도로 가정 이뤄 주시네
범덤우 밑 마을꼭대기 기어들고 기어나는

처 숭모 노부부 초가 아래채 얻어서
대방고리 대나무석작 두어 개 포개놓고
외가에서 자라던 사내아이 데리고
세 사람 한 가족으로 새 살림 차렸네
모든 일에 일머리 몰라 꿔다 논 보릿자루라
장정은 쌀 열가마니, 열두가마니 받는 새경
사정하여 다섯 가마니에 동촌마을 도균이네
머슴살이로 농삿일 바닷일 익히고
아내는 친정집 일손 거들어 지새는 나날
첫아들 낳아놓고 아이돌볼 손이 없어
취학 년한 넘은 아이 취학을 미루고
아이를 맡겨두고 동분서주 좌충우돌
삼년 만에 교회 앞 보리밭 사서 터 닦고
용우네 세 칸짜리 행랑채 뜯어다 맞춰놓고
깊은너디 너덜경에서 구들장 떠 구들놓고
적대봉능선 넘나들며 홍룡마을 통나무 져다
활톱으로 보름을 켜 마루깔아 집지으니
얼씨구나 대한민국에 박인탁이 문패섯네
봄이면 손바닥 부르트도록 방질배17) 타고

37

여름이면 등짝허물 세 번 벗어 농사짓고
가을이면 해우발 설치 겨울이면 해우하기18)
처갓집 채취선에 얹혀서 바다에 나가
처가 일 끝낸 다음 우리 물해우 뜯어서
맨 나중 언 손 불며 노 저어 들어왔네
새벽종 울리면 비틀거린 애 앞장세워
둥우리 목도매고 눈치보며 해우 썰어
물멕이고 물해우 떠 해뜨기 전 건장에 널고
찐고구마 두어 개 들고 바다에 나가면
아이가 동생업고 마른해우 정리하고
해우 물 길어놓고 저녁지어 놓던 나날들
죽어도 남에게 아쉬운 소리 못해서
내 것이 없으면 굶어죽는 비윗살에
아내는 안팎으로 쉴 새 없이 나서며
단 하루도 원망소리 끊일 날이 없었다네
"아이고 아이고 백년 내 웬수야

---

17) 방질배 - 동력선이 없던 당시, 목선으로 노 저어 그물끌어 물고기를
       잡는 배.
18) 해우 - 김(해태)의 지방 탯말. 물해우 - 바다에서 바로 뜯은 생김이나
       썰고 씻어서 물에 풀어 뜨는 김.

어차면 저리도 주변머리가 없으까 잉!
지지리도 융통머리 없는 고징아 이 고징아19)
새끼들은 싸질러놓고 저것들을 어쩔 것이여
나 혼자 지옥갈랑께 이녁이나 천당가소!"
현실에 손 담그면 믿음이 멀어지고
믿음을 좇자니 아이들이 눈에 밟혀
없는 살림 하루에도 열두 번씩 투닥이며
미운정 고운정 다져가며 살아온 사람아
산처럼 배불러 해우 뜨다 아이 낳고
벌겋게 물먹은 해우 그냥 둘 수 없어서
풍선처럼 부기진 몸 일으켜 한데서서20)
칼바람 생고드름 주렁주렁한 해우통에
손 담그며 해우 뜨는 아내를 바라보며
죄인처럼 살아왔던 지난한 세월들
그 통에도 세월은 가고 업둥이까지 칠남매
학비라도 보태리라 여름철 농한기에
성북2동 성곽아래 한 평짜리 삯방 얻어

---

19) 고징高澄 - 고징하다의 어근으로 높고 맑다는 뜻
20) 한데 - 바람막이도 없는 바깥

납작보리 정부미로 양은도시락 싸들고
성북동 성곽복원공사 목도꾼 석재나르다
돌에 찧어 오른손 장지가 으깨져도
못나오게 할까봐 신음조차 삼키며
북녘하늘 바라보고 눈물 흘린 어느 여름
해우철엔 배추이파리 개들이 물고다니고
겨울한철 일해서 일 년 먹고 산다는
섬마을엔 전답이 적어 부르는 게 값이라
물려받은 전답 팔고 육지로 옮기니
동강면 병동벌 이십 마지기가 내 논이네
겨울에는 섬에서 해우해 돈 만지고
농번기엔 육지 나와 쌀농사 지으면서
아내의 뜻에 맞춰 그럭저럭 살다보니
머리에는 서리 내리고 일손은 버겁네
그래도 큰애 덕에 회갑 때는 난생처음
마을이 부럽도록 휘청거린 잔칫상에
삼십 여 년 못가고 미뤄뒀던 신혼여행
아내와 제주도도 파타야도 가봤다네
혈혈단신 셀 수 없는 레테강 건너서

한 가족 이루고 자녀들 장성하여
광주시로 이사해 신앙생활 전념하며
자녀들 효도 받고 걱정 없이 살 즈음
섣달그믐 동내욕탕 목욕나간 김권사
욕탕에서 미끄러져 대퇴부 골절됐네
십여 년 휠체어에 삶을 얹고 지센 세월
팔월의 불볕아래 한 많은 삶을 접고
김권사 보낸지도 십 수 년이 지났네
휠체어에 앉아서도 쫑알대던 그 잔소리
불현듯 생각나면 잠든 곳 찾아가
무성한 풀 뜯으며 망부가 불렀는데
지금은 노치원 도래솔로 못 박혀
찾아가 안부조차 묻지를 못 하오
살아온 내 나이가 아흔에 넷을 더하니
당신이 기다리는 천성길은 수이 갈까
하나의 몸뚱이가 두 개의 하늘을 이고
살아가는 영혼은 외롭고 슬픈 것이다
불행히도 육신은 두 하늘을 살지 못하니
이 땅에 태의 축복 내 아들아 내 딸들아

요령 없는 아비만나 고생도 많았다만
이제는 축복속에 감사하고 태평하니
동강의 집 판돈 노후자금 적금통장
그 돈만은 통일되면 생사를 알길 없는
이북에 남겨둔 자매 복식이 복순이 찾아
보듬어주지 못하고 떠난 아비가 주었다고
아비대신 용서 빌고 전해주기 바라네
여보 김권사!
살면서 미운 정 고운 정 쌓아온 사람아!
돌아보니 걸어온 길 모두가 가시밭이나
당신이 동행이어서 다행이라 말하리다
고맙소 부족한 나와 함께 해온 날들이

또 다른 나에게 쓰는 편지

또 다른 나에게 쓰는 편지

달 없는 그믐밤은 유난히도 어두웠어
간간히 울어대는 부엉이 울음소리
너댓살 여린소년 머리채를 끌어당겨
하늘로 하늘로 한정 없이 날아올라
숨조차 쉴 수 없는 무섬증에 아이는
치마폭 파고들어 얼굴을 묻었지
석삼년 한결같이 보름밤 그믐밤이면
목욕하고 옷 갈아입혀 앞장세워 나서는 곳
엄마는 대나무석작 머리에 받쳐이고
한손에 간솔불 휘저으며 밤길 잡고
꽉 잡은 내손에 힘주어 주문처럼
"인탁아 무섭긴 뭐시 그리 무섭다니
부엉이도 인탁이가 반갑다고 하잖니?
오늘밤 신령님은 금지옥엽 내 아들에
복에 복을 더해서 만복을 주실 거라!"
엄마는 금시라도 울음보가 터져나올
내 맘을 거울에 비춰본 듯 달래시며
그림산 골짝 길을 초연히 들어갔지
물소리 자장가처럼 계곡에서 잠들고

잔별만 빼꼼한 물가에 놋단지 걸어
솔방울 주워모아 삼세번 공양 짓고
거목 밑 평석에 지은 공양 차려놓고
돌단에 향불 꽂아 날 곁에다 앉히고
머리 숙여 합장한 치성소리 간절하니
"옥황상제님!
천지신명님!
산신령님!
산짐승님!
날짐승님!
이 공양 모두모두 맛있게 잡수시고
이 년 정성 고이 받으시어
삼대독자 내 아들 박인탁이 지켜줍서
궂은 일랑은 죄다가 이 년에게 내리시고
돌림병 속병 부상에서 비켜서게 합시며
사는 동안 천수를 다 누리게 하시어
자자손손 복을 내려 쌓을 곳 없게 해줍소서!
비나이다 비나이다
옥황상제님께 비나이다 ......"

곡진한 기도소리 부엉이도 침묵했지
양덕에서 칠십리 온천역서 이십릿길
고조부는 왜정 때 평양서平壤署 순사부장
온천면 하천리 거들먹한 천석꾼
장대 같은 머슴만도 일곱이나 득시글한
할아버지 기침소리 쩡쩡한 대갓집
아버지는 대처에서 만물상 경영하며
소실을 두고서 딸 하나에 아들 둘
서방님 눈에 나고 시앗에게 무시당한
두 누이 다음으로 태어난 삼대독자
엄마에게 내존재는 생명보다 소중해
간절한 기도소리 지금에야 알겠네
열세 살에 열여덟 손덕산과 혼인하고
솔서로 들어가 고임 받고 자랐었네
지금은 기억조차 바래버린 아내모습
철없어도 서방이라 밖에서 놀다오면
정짓문 빼꼼 열고 손목 까불며 불러들여
겅중겅중 부엌으로 뛰어들어 가노라면
누렇게 잘 누른 누룽지 모아뒀다

저고리 양 주머니에 두둑이 담아줬지
어느 초봄 부엌에서 물 뎁혀 등 밀다가
고추를 만졌다고 아내에게 발길질하고
징징대며 뛰쳐나가 온 집안 왯소리질 해
부엌에서 아내 혼자 무안해서 울게 했던
사랑이 뭔지도 모르는 철부지
서방이 뭔지도 몰랐던 망나니
짓궂은 장난도 가슴으로 받아주고
하늘같은 서방이라 포근히 싸안으며
자리끼 감자 삶아 짓찧은 감자떡
볶은 콩 군 감자를 눈웃음으로 내놓던
누이 같고 친구 같고 엄마같이 살가운
향긋한 기억속의 봉숭아꽃 닮은 덕산이
찔레순마냥 여리고 풋풋했던 내 아내여!
짧은 삶 사는 동안 단 한번 헛말이라도
사랑한다 속삭여준 기억조차 없지만
유체를 이탈한 두 영혼의 싸움터에서
현실에 지칠 때면 나만의 세계로
도망치는 비겁한 영혼이라 꾸짖어도

기억의 저변에서 순간도 떠나지 않고
내안에서 단 한번도 죽은 적 없는 사람아!
그대도 뒤척이는 이른 새벽 저 그믐달
나와 함께 바라보며 날 생각 하시는가?
대청에 누우면 대들보에 1930년
선연한 먹 자국 아직도 또렷하고
□자형 기와집 옆 외양간 구시통엔
황소 칡소 대여섯 마리 사시사철 언제나
여물 씹고 되새김하는 워낭소리 드맑고
곡간엔 소불알만한 자물통 혼자 졸던 곳
내 태단지 묻었다는 고향집 장독대엔
봉숭아꽃 다알리아꽃 붉게도 피었겠다
낯선 삶 물안개처럼 눈시울에 개피면
뜨겁게 되새김질한 시간이 한 세기
산다는 건 언젠가는 깨지는 유리그릇
종착지가 어딘지 내 선 자리 또 어딘지
내일은 무슨 일이 기다릴지 알 수 없어
천국 지옥 담장 위를 위태롭게 걸으며
길 위에 삶을 얹고 영원인 줄 살았네

해방이 됐다더니 그것은 구속이었지
노란완장 쫓겨간 자리 핏빛완장 어지럽고
어제의 머슴들이 오늘은 상전이라
김일성대학 청천강수로 노력동원 끌려갔다
해방이 되었다고 내 집이라 찾아드니
행랑채 삼촌들은 하나둘 다 나가고
대갓집 안팎에는 팔로군이 진을 쳐
주객이 전도되어 집주인은 종이네
방에도 못 들어가 두 딸도 못보고
돌아서 말없이 먼산치고 흔들리는
왜소한 어깨한번 안아주지 못한 채
부엌에서 무덤덤히 이별했던 아내 하며
집 나서며 동구밖까지 따라나선 어머니
몇 달 후면 돌아와 응당 만날 가족처럼
돌아보지도 않고서 떠난 길이 마지막이라
기억들 매듭마다 시간이 엮일수록
태산처럼 가슴팍에 바윗돌로 얹혀있어
장마비에 젖을 줄을 그때는 왜 몰랐을까?
이산가족 찾기에 한반도가 눈물강 되고

같이 울고 함께 웃던 시간도 잦아들어
이산가족 등록하면 가족상봉 한다 해도
행여나 부르죠아 반동분자라 괄시할까
또다시 아픈 상처 들쑤시기 신둥겨서
하루에도 열두 번씩 요망떨던 마음들만
삭풍에 고드름처럼 투명하게 자랐었네
이제는 휠체어에 윤기삭은 육신 엏고
더듬다만 기억조차 따라잡지 못해서
가슴에 화인 박힌 흔적만 바라보며
성경책 표지 속 적금통장 쓰다듬네
용돈 한 푼 준적 없는 복식이 복순이
찬값 한 푼 쥐어준 적 없는 서방이라
여태껏 눈 딱 감고 없는 듯 지녀온 돈
참회의 고백처럼 살아생전 이 손으로
두고 온 그들 손에 쥐어주고 싶은데
한번쯤은 서방노릇 맵자하게 하고픈데
한번쯤은 아비노릇 의젓하게 하고픈데
부르죠아 월남한 반동분자 가족은
강제로 이주시켜 간곳을 모른다니

내 하늘은 언제나 비좁기만 했었네
내 바다는 언제나 핏빛노을 뿐이었네
답답한 이 하늘 노을빛 이 바다에
뉘라서 유리장벽 저리 높이 쌓았을꼬
새들도 넘나들고 물고기도 오가는데
나만이 넘지 못해 오늘도 애가 타네
"난 영웅을 원하지 않아요
함께 늙어갈 남자를 원해요!"21)
여인의 가난한 마음 어르지 못해서
한 평생 미안한 맘 용서를 비는 기도
그림산 치성소리 켜켜이 덧입혀져
초라한 가슴에 들불로 번져가네
그리움의 '눈물은 너무나 무거워서'22)
석양의 산그리메가 비틀거린 춘삼월

---

21) 영화 『트로이』에서 헬레네가 싸움에 패한 파리스를 위로한 대사.
22) 신철규 시집, 『지구만큼 슬펐다고 한다』, 「눈물의 중력」, 문학동네,
　　원용.

검은부리저어새의 노래

검은부리저어새의 노래

생명의 향유란 아름다운 특권이지
인간에게 주어진 권한을 짓밟고
순간을 영원으로 에둘러 이끌어 간
내 생의 환승역인 통한의 한국전쟁
피아간 전사자 일백만을 훌쩍 넘고
타투로 몸에 새긴 부상자가 삼백만
한 많은 이산가족 일천만을 상회하는
승자도 패자도 없는 끝없는 전쟁놀음
"전능자는 인간에게 싸움을 가르쳤지만
싸우는 이유는 가르쳐주지 않았다[23]"
신들은 검투사의 죽음을 즐기듯
넥타르를 마시며 관전하기 때문이다
승리했다 우기며 '전승절' 축하하고
"상기하자 6.25" 기념하는 광대들
피의 강 범람하고 평화는 요원해도
빛바랜 이데올로기 찬양소리 드높네
사람의 향기는 짓밟혀 나뒹굴고

---

23) 영화 『트로이』에서 아킬레우스가 여제 브리세이스에게 말한 대사.

곳곳에 흑백논리 시궁창을 메꾸는 땅
살았으나 시체로 숨 쉬는 생명체들
사체의 끊이지 않는 차가운 눈물샘엔
소리 없는 포성의 맥놀이만 번져가고
산하의 붉은 피 잿빛으로 바래가
술잔에 뜬 하루살이 젓가락에 눙치듯
나를 얻고 전부를 잃은 휘청거린 군상들
뉘라서 이 땅을 목숨 던져 지켰던가?
봇물처럼 밀려드는 붉은군대 육사단
춘천·홍천 길목에서 열 명의 특공대
제 몸을 산화하여 남침의 발목잡고
함정한척 없는 해군 어느 나라에 있겠나
수병들 노루꼬리 월급 쪼개 보태고
제독의 부인네들 앞장서 절약하며
삯바느질 바자회 좀도리쌀 모아서
모금한 돈으로 하와이서 퇴역함 사고
괌에서 3인치포탄 일백 발 사서 귀국하다
전쟁발발 다음날 대한해협서 맞닥뜨린
무장군인 가득 실은 정체불명 괴함정

함포한발 못 쏴본 백두산호 대한해군

목숨 걸고 싸우며 바닥난 포탄으로

적함을 명중시켜 괴함정 수장하니

숨지는 순간에도 전황 묻는 용사들

침몰시켜 승리했단 승전소식 전해주자

웃으며 죽어갔다는 이순신의 후예들

미쳐서 싸웠고 제정신에 죽어갔네

고도로 훈련된 북한침투조 육백 명

부산항에 상륙해 남쪽교두보 확보하여

항만시설 파괴하고 남노당과 합세해

양동작전 펼치려던 소련군사고문단 작전계획

괴멸시킨 대한해협해전 잊어서도 안 되지24)

셀 수 없는 죽음의 늪 건너고 넘어서

이제는 내 연한이 아흔에 넷을 더하여

휠체어에 몸을 싣고 내 의지 꺾이니

젊은이는 죽었고 늙은이는 꿈을 꾸네

슬픔도 그리움도 두려움도 퇴색되어

---

24) 대한해협해전 - 6.25 첫 해전으로 백두산호의 마스코트만 현재 해군
사관학교에 전시돼 있다.

저녁안개 잠포록한 시야를 씻고 봐도
어두워진 만물상에 내 모습만 또렷해
여기까지 이끌고 온 세월만 흔들리네
생명이 깨어날 때 우주가 깨어나고
생명이 돌아갈 때 우주도 돌아간다지
인천광역시 옹진군 연평면 연평리
산18번지 인간의 탐욕이 질식한 곳
특정도서 제233호 구지도求地島 작은 섬
그곳에는 이 봄도 우주가 깨어나고
저어새 둥우리엔 생명이 눈을 뜨네

"누가 바람으로 하늘을 결박했더냐
누가 품을 수 없는 바다를 금 그었다더냐
투명한 금줄에 묶인 나그네만 망연하다

지구별에 마지막 남은 이천칠백 마리 검은부리저어새
그들의 원초적 본능은 장마 전 서둘러
남녘땅 구지도에 둥지를 틀고
NLL을 넘어

북녘땅 시오릿길 황해도 평안도 그 찰진
검은 갯벌 넘나들며 새끼를 치는 거라지

그 새끼들 눈을 뜨고
바람의 냄새
처음 본 성체成體
처음 듣는 소리 각인하여
제 고향 삼고서
일평생 제 어미아비로 따른다지

혓바늘 일어 꽁보리밥 삼키지 못한 아들에게
"밥죽에 돌이 백혔는 갑다"
무쇠솥 나물풋대죽 휘휘 젓던 까만 나무주걱
가장자리 무쇠칼로 득득 긁어내며
박힌 돌 뽑아내던 내 어머니
그 주걱 닮은 주둥이로 북녘의 갯벌 휘젓다가
흰 날개 유려히 지 맘대로 금줄을 넘나든다

저어새로 날개를 펼치고 싶은 날

깨금발로 잡힐 수 있을 것 같은 저 뭍이
초저녁 샛별보다 멀고멀어서
눈에만 함뿍담고 오늘도 돌아선다
오천년, 커넥톰25) 깊숙이 각인된
하늘 땅 초목에 이는 울음소리 바람소리
어제처럼 오늘도 술렁이는데
이 사랑 이 아픔
여기서 또다시 얼마를 더해야 할거나"26)

미물조차 사랑하고 생명을 잉태하여
지 낳은 부모를 각인해서 따르고
제 새끼 보살펴 거두고 먹이는데
미물보다 못해서 부끄러운 나그네는
오늘도 바람의 사슬에 결박되어
온종일 독수리에 제 간을 내어주는
카프카스 바위산 신이 오히려 부러운

---

25) 커넥톰connectome - 뇌신경 세포의 연결을 종합적으로 표현한 뇌지도
26) 천창우 시, 「이 사랑 이 아픔 얼마를 더하랴」 전문, 『DMZ, 시인들의
　　메시지』, 한국시인협회 엮음, 문학세계사, 2015, p278.

고통의 세월을 톺아보니 칠십년
이 아픔 이 그리움 얼마를 더하랴
안 봐도 못 들어도 일평생 각인되어
매순간 지우려 해도 지울 수 없었던
내 안의 또 다른 통곡하는 아픈 영혼
이제는 바윗돌 내려놓고 싶은데
비굴한 거짓눈물 용암에 불사르고
피떡진 기억이 눌어붙은 그리움들
전복껍데기로 드윽득 긁어내고 싶은데
밟아도 밟히지 않는 이 그림자를 어쩌랴
동구밖 당산나무아래 밀짚멍석 깔아놓고
초록잎새 헤집어드는 반짝이는 햇살꿰어
주렴으로 엮어서 상처뿐인 가슴 창에
드맑게 울리라고 달아주고 싶은데
못다 한 말 노래되어 부르게 하고픈데
손 내밀면 잡힐 것 같은 저 뭍이 하도 멀어
부르는 너에 이름 기진해 수장하니
오늘도 절망 속에 한숨만 짙어가네
파도는 깨어지려 일어나 달려가고

포말로 흩어져 기진해 돌아와도
또다시 등 떠미는 파랑이 있기에
허락된 하늘 이고 일어서 부셔지며
포기할 수 없는 희망에 목이 쉰다지
하나의 하늘이 두 쪽이 나는 날
두 쪽의 하늘이 한 하늘이 되는 날
기억들 되새김하며 뇌성으로 울거라
아파야지, 더욱더 못 견디게 아파야만 해
통증이 깊을수록 삶은 더욱 건강하고
심장이 피 흘릴 때 존재를 확인하며
뇌수를 관통할 때 내 알몸을 찾았지
나를 버려 너를 얻는 나이테는 천국이야
뼛조각에 바람을 새겨 홀로 걷는 길에서
헤파이스토스 금줄 넘어 새처럼 오가며
너와 내가 우리 되어 깨꽃처럼 웃어보자
태극기가 펄럭여도 인공기가 펄럭여도
묵묵히 삶 일구어 생을 가꾼 흰 무리
어느 누구 그들에게 총구를 들이밀까
산다는 것은 바람길 한번 스쳐지나 가는 것

들꽃하나 피었다 시들어 지는 일
단 한 장 흠 없는 도화지를 지급받아
여지껏 양각과 음각으로 그렸지만
미완의 작품으로 단독자 앞에 서겠지
무엇을 얻기 위해 질주해 왔는가
목숨을 빚진 자는 목숨으로 갚으라
시간을 빚진 자는 제 영혼을 팔 일이다
고통은 산자만이 누리는 축복이다
그래서 버려진 시간이 고마울 따름이지
내 안에 영원한 열여덟 아내는
한 순간도 내 안에서 미소를 잃지 않고
늙지 않는 기억으로 뇌수를 후벼 파며
두 몫의 삶을 지고 세상과 부딪히고
두 영혼의 메두사에 삶을 태운 김권사
무거운 하늘 아래 회색갯펄 휘저으며
둥지틀어 일곱 남매 함께 기른 동행인
홑겹 육신이 두 겹 영혼에서 함께 울며
오늘도 그리워할 수 있음에 감사하고
사는 날 두 번 다시 그 이름 부르지 못해

죽을 수있어서 아름다운 우리 생의 단애斷崖에서
못다 부른 이름들 서녘하늘에 채색하다
목이 쉰 기도소리가 산마루를 넘는 날

왜 이리 아픈가? 왜 이리 그리운가?

- 시의 본질에 대한 슬프고 아름다운 두 질문

곽재구/시인

1

강을 따라 걷습니다.

가을 햇살 물 위에 반짝입니다. 강의 이름은 옥천입니다. 며칠 전 일이에요. 강에서 하얀 셔츠와 껌정 바지를 입은 외국인 선교사 둘을 만났습니다. 이십 대 중반일 것 같군요. 어린 시절 기억이 납니다. 동네에 선교사들이 들어오는 날 이면 동네 꼬맹이들은 모두 기뻐했지요. 연필도 주고 사탕 도 주고 입에서 녹여 먹을 수 있는 우유 조각도 주었습니다. 6.25의 포연이 멈추고 얼마지 않아 마을에는 끼니를 제대 로 챙겨 먹는 이가 드물었지요. 그들은 어린 우리에게 예수 와 성경 이야기를 들려주었고 크리스마스에는 교회에 초대 해 선물도 주었습니다. 깨끗했고 보기 좋았지요. 선교사 중 한 친구가 내게 말을 걸었습니다.

안녕하세요? 모자가 멋집니다.
한국말 잘 하시네요. 이 모자 이름 아세요?
잘 몰라요.
밀짚모자예요 한국에 산 지 얼마 되었어요?
1년 반 되었습니다.

　사소한 우연이 사람 사이를 흐르는 강물 위에 다리를 놓아줄 때가 있습니다. 1년 반 만에 이렇게 한국어를 잘 할 수 있나요? 물으니 사람들과 얘기하는 게 좋아요, 라는 답이 돌아왔지요. 나도 1년 반 동안 외국 생활을 한 적 있습니다. 인도의 산티니케탄, 시성 타고르가 벵갈어로 시를 쓰고 작은 학교를 만들어 원주민 아이들이 자연 속에서 시를 쓰고 세상을 만나게 한 곳이지요. 타고르의 시를 그의 모국어인 벵갈어로 직접 읽고 싶은 꿈이 내게 있었습니다. 공부를 시작하니 너무 어려웠습니다. 자음 모음이 50개가 넘었고 그 중 몇은 소리로는 구분이 되지 않았지요. 성별의 차이, 존대말, 어미 변화가 있는 데다 같은 단어를 낮과 밤에 따라 다르게 불렀습니다. 지나간 일을 생각하니 이 젊은 선교사들이 몹시 사랑스럽게 느껴졌습니다.

　　무슨 일을 하세요?
　　시 쓰는 일을 한다오.
　　와! 멋지네요.

시를 쓴다는데 멋지다고 말하는 사람, 오랜만에 들어 보았습니다. 매우 난해한 질문이 이어졌지요.

시인은 뭐 하는 사람이에요?

이 질문 수없이 들었지만 들을 때마다 답변이 쉽지 않습니다. 어렸을 적 우리 동네에 들어왔던 선교사 이야기를 해주었지요. 아이들의 이야기를 잘 들어주었고 올 때마다 선물을 들고 왔다, 고 했더니 둘이 다 환하게 웃었습니다. 마음이 아픈 이들의 이야기를 잘 들어주고 그들에게 따뜻한 선물을 주는 사람이라고 얘기한 것인데 자신들도 한국에서의 선교 생활 내내 그러할 것이라고 말하는 모습이 보기 좋았습니다.

2

요즘 시를 생각하면 마음이 답답해집니다.

시가 무엇인가? 왜 쓰는가? 답하는 것이 조련치 않을뿐더러 같은 질문을 쉬 할 수도 없습니다. 이 질문을 하기 위해선 누군가 쓴 시를 읽고 그의 시가 건넨 마음의 그물이 내 마음을 감싸 안아야 할 것입니다. 보기 좋고 튼튼한 그물을 배에 싣는 어부에게 무슨 물고기를 잡을 것인가요? 라고 묻는 것과 같은 이치입니다. 낡고 구멍이 숭숭 뚫린 그물을 싣는 어부에게 같은 질문을 할 수 없는 노릇입니다.

지난 1980년대 생각이 나는군요. 참 많은 사람들이 시를 썼습니다. 농부 목수 철근공 버스 안내양 선생님 목사 수녀... 시의 시대라고 불린 시절이 우리에게 있었습니다. 시집들이 밀리언셀러가 되었지요. 접시꽃 당신, 노동의 새벽, 농무, 사랑굿, 섬진강, 김수영과 김지하, 정호승과 이해인, 기형도, 유시화의 시집들이 대중들의 사랑을 받았습니다. 사람들이 이 시집들을 즐겨 읽은 이유는 하나. 그 시집들이 시대의 아픔을 닦아주고 개인의 아픔들을 만져 주는 따스한 힘이 있었기 때문입니다. 시집들을 읽어가는 동안 사람들은 더 좋은 세상에 대한 꿈을 꾸었고 나아가 직접 시를 씀으로써 그 시대에 동참하고 싶은 열망을 느꼈지요

천창우의 시집 곡비(哭婢)를 읽으며 이 시의 화자인 나, 박인탁의 세계에 깊은 마음의 울림을 느끼는 것은 같은 이유입니다. 그의 시에 세계에 대한 고통과 그리움이 고스란히 실려 있습니다. 전쟁이 인간에게 끼친 황폐한 삶의 모습은 역으로 전쟁의 주역인 인간의 행태에 대해 깊은 반성을 불러일으키게 되지요. 박인탁은 6.25 동란 반공포로입니다. 말이 쉬워 반공포로이지 그가 반공포로가 되기까지의 과정은 인간으로서 극복하기 힘든 과정 자체일 것입니다. 고향에서 13살에 18살의 아내 손덕산과 결혼했습니다. 그 결혼 생활의 아름다움을 천창우는 이렇게 노래합니다.

68

지금은 기억조차 바래버린 아내 모습
철없어도 서방이라 밖에서 놀다 오면
정지문 빼꼼 열고 손목 까불며 불러들여
경중경중 부엌으로 뛰어들어 가노라면
누렇게 잘 익은 누룽지 모아뒀다
저고리 양 주머니에 두둑이 담아줬지
어느 초봄 부엌에서 물 뎁혀 등 밀다가
고추를 만졌다고 아내에게 발길질하고
징징대며 뛰쳐나가 온 집안 왯소리질 해
부엌에서 아내 혼자 무안해서 울게 했던
사랑이 뭔지도 모르는 철부지
서방이 뭔지도 몰랐던 망나니

이 구절 읽는데 마음이 먹먹해지는군요. 이팔청춘 이도령과 춘향의 사랑 이야기와는 또 다른 생의 진국이 가사체의 시 속에 스며 있습니다. 철 들어 이 시절을 회상할 수 있다면 5살 연상의 아내에게 느끼는 그리움은 또 얼마나 클런지요. 박인탁은 손덕산과 사이에 두 딸 복식과 복순을 남긴 채 6.25 전쟁에 끌려갑니다. 전쟁은 자의적으로 참여하는 이가 거의 없습니다. 모든 전쟁이 지닌 비극이 여기 있지요.

박인탁이 전쟁포로가 되어 거제도에서 지내는 시간의 아픔을 기억하는 것은 끔찍한 일입니다. 고향에 아내와 두 딸을 둔 그가 반공포로의 길을 선택한 아픔에 대해 깊은

번뇌가 일지 않을 수 없습니다. 그중 함께 담요를 쓰던 재일교포 짝 동무의 죽음은 그가 반공포로의 길에 들어설 수밖에 없음을 보여줍니다

친공 반공포로들 내일 없는 살육난동
자고 나면 동료들 쥐도 새도 모르게
처형돼 뺑기통에 토막사체로 처박히고
각을 뜬 시신들 육포처럼 철망에 널어
자유의사 선택에 대못치는 좌익 폭동

한 담요 아래서 위로하고 위로받던
재일교포 은행지점장 점잖은 짝 동무
미제 첩자라 고발돼 몰매 맞아 죽어가는데
분노한 척 린치에 동참하지 않으면
나 또한 의심받아 자아비판 대상되니
앞장서 짓밟고 들개처럼 물어뜯어
어금니 앙다문 치욕의 밤 지새고
아침 되자 뺑끼통에 토막시체 처박아
세상에 이름 하나 흔적없이 지우네

반공포로의 길을 선택하더라도 다시 고향에 돌아가지 못할 거라는 생각은 하지 못했을 것입니다. 몇 달만 지나면 다시 길이 뚫리겠지, 생각했겠지요. 거제도를 나온 그가 흘러들어온 땅이 고흥이었습니다. 팔영산 산 그늘이 바다와 땅을 신비하게 감싼 그곳에서 그의 새로운 삶이 출발 될

70

수 있었음은 생이 그에게 준 알 수 없는 축복이었지요.

　그는 거금도 오천 교회의 종지기가 됩니다.

　오천은 거금도의 땅끝마을입니다. 27번 국도가 끝나는 이 포구마을을 나도 좋아했습니다. 길이 이곳에서 끝나니 거꾸로 세상의 길이 이곳에서 시작될 수도 있다고 생각했지요. 바닷가 마을에 묵은 골목길이 있고 골목을 벗어나면 바다가 눈앞에 마주 서는 곳이지요. 바다는 까맣게 빛나는 조약돌들로 채워져 있습니다. 저물녘에 문지방에 서서 바라보면 조약돌들은 누군가의 새까만 눈망울로 보였겠지요. 물살이 조약돌을 쓸고 지나가면 쓸려가는 조약돌들이 쓸쓸하면서도 신비한 울음소리 같은 것을 쏟아 냈지요. 오천 바다에서 박인탁의 생은 위로를 받습니다.

　오천 바로 옆 마을은 익금입니다. 포구기행을 쓰느라 바닷가 마을들을 싸돌아다녔던 시절 내가 제일 좋아했던 포구 마을이 익금이었습니다. 여행 좋아하는 친구들이 찾아오면 함께 익금에 가곤 했지요. 익금에서 마주하는 해넘이가 좋았습니다. 날개 익(翼) 쇠 금(金). 금으로 빚은 날개. 이름에서 짙은 은유의 냄새가 났습니다. 해가 수평선을 적시면 익금의 모래사장이 금빛의 두 날개 안에 마을을 감싸고 하늘로 날아오르는 것입니다. 삶이 아무리 궁핍하더라도 하루 한 번씩 금빛 날개를 펴는 마을의 꿈이 있는 한 인간의 삶은 쓸쓸하지 않을 것입니다.

어느 가을 물 빠진 익금의 모래사장에 차를 몰고 들어가 저무는 해를 보았지요. 해넘이에 몰입하는 동안 물이 들어오는 것을 알지 못했지요. 차바퀴에 물이 차오를 때 트랙터를 몰고 주민 한 분이 들어와 차를 견인해주었습니다. 얼마나 감사했는지 모릅니다. 뭐 하는 사람이오? 시 쓰는 사람입니다. 그가 내 얼굴을 찬찬히 들여다보던 생각이 나는군요. 길에 올라 남은 해넘이를 보았지요. 이곳이 내가 본 모든 바닷가 풍경에서 가장 아름다운 풍경일 거라는 생각을 했습니다. 이 생각이 그 무렵 박인탁의 생각 아닐런지요

교회 허드렛일을 하던 박인탁에게 남열교회의 전도사는 전쟁 중에 홀로 된 자신의 딸을 연결해줍니다. 둘 사이에 6남매가 태어났습니다. 아름다운 일이었지요. 북에 둔 아내와 두 딸을 박인탁이 잊었을까요? 잊지 못했을 것입니다. 그 속에서 오천 앞바다의 노을은 그곳의 조약돌을 하나씩 만져 주었겠지요.

3

곡비는 삯을 받고 대신 울어주는 노비입니다. 천창우는 이 시집에서 스스로 곡비의 역할을 자처합니다. 경험하지 못했으나 듣는 것만으로 마음이 부서집니다. 여기서 그가

이 시집의 외형적 형식을 가사 문학에서 빌려왔음을 상기할 필요가 있습니다. 가사는 우리 고전문학의 백미입니다. 윤선도의 어부사시사와 정철의 성산별곡을 보고 있으면 우리말이 지닌 지극한 아름다움에 새삼 고개를 숙이게 됩니다. 비록 왕조시대의 세계관 속에 머무르고 있다 해도 삶과 인간에 대한 절대적이고 고귀한 그리움의 진술은 시가 지닌 본질 중의 으뜸이라 하겠지요.

고향에는 열세 살 어린 남편을 목욕물 끓여 씻어주던 아내가 있고 두 딸이 있습니다. 가슴이 저려 차마 아름답다고 말하기도 힘든 그리운 이들이지요. 오천 바다는 또 얼마나 신비하고 아름다운지요. 보고 있으면 6.25와 같은 동족상잔의 비극이 거짓말로 여겨질 지경이지요. 그 바닷가에서 새 인연을 만났습니다. 그리고 6남매를 얻었지요. 이 또한 얼마나 아프고 아름다운 이야기인지요? 우리 문학사에서 가장 아름다운 장르, 가사 문학과 박인탁의 삶의 이야기는 이렇게 서로 비빌 언덕을 마련해주는 것입니다.

> 평안남도 양덕군 온천면 하찬리
> 아스라이 펼쳐진 임천동 들녘이라
> 이~ 허 쯧! 쯧! 오~ 호 도~라!
> 안 소는 스라니 안에서 돌아치고
> 밖 소는 스라니 밖에서 돌아쳐야지
> 겨리가 기울면 밭이랑이 굽진단다

헤~ 이 이~ 이럇 어서가자
눈치코치 엿 바꿔 먹고 양반 눙칠 녀석들아
우리 각시 정짓문에 눈 빼박고 기다림메
언제 다 갈끼고 어여 갈고 집에 갑세
허~ 이허 헛! 스라니 돌~고!
허스렁~ 허스렁~ 허이야 허이사~ !

읽어가는 동안 윤선도의 어부사시사 생각 절로 나는군요

수국에 가을 드니 고기마다 살쪄 있다
닫드러라 닫드러라
만경창파에 실컷 안겨 보자
지국총 지국총 어사화
인간을 돌아보니 멀수록 더욱 좋다
-추사 2

옷 위에 서리 오되 추운 줄 모랄로다
닫디여라 닫디여라
낚싯배 좁다하나 뜬 세상과 어떠한가
지국총 지국총 어사화
내일도 이리하고 모레도 이리 하자
-추사 9

천창우의 곡비 소리가 마련해둔 의성어의 활용은 우리
말이 지닌 특별한 아름다움의 전개라 할 것입니다. 가사 문학의 연장 선상에서 우리 역사의 독한 아픔과 가을 산 억새꽃 같은 우리말의 헛헛한 아름다움을 교차시킴으로써 시가 꿈꾸는 세상의 한 이미지를 새겨 놓습니다. 허~ 이허 헛! 스라니 돌~고! / 허스렁~ 허스렁~ 허이야 허이사~ ! 세상의 어떤 언어에 이런 삶의 의성어가 존재할 수 있겠는 지요? 산밭 쟁기질 하는 농부의 소몰이 소리에 굴곡진 생의 장단이 들어 있습니다. 아프지만 결코 버릴 수 없는 삶. 그 고개를 넘어섬으로써 더 튼튼해지고 아름다움 쪽으로 다가 가는 인간의 삶. 그 삶의 꿈을 현실의 풍경 속에 새겨 넣는 것이지요. 왜 이리 아픈가? 왜 이리 그리운가? 곡비 소리에 젖는 동안 오천의 반짝이는 조약돌 같은, 익금 바다의 저녁 노을 같은 황금빛 큰 날개를 지닌 새의 비상을 꿈꾸게 되는 것입니다.

누가 바람으로 하늘을 결박했더냐
누가 품을 수 없는 바다를 금그었다더냐
투명한 금줄에 묶인 나그네만 망연하다

지구별에 마지막 남은 이천칠백 마리 검은부리저어새
그들의 원초적 본능은 장마 전 서둘러
남녘 땅 구지도에 둥지를 틀고
NLL을 넘어
북녘땅 시오릿길 황해도 평안도 그 찰진
검은 갯벌 넘나들며 새끼를 치는 거라지

지구상에 남은 이천 칠백 마리 검은부리저어새의 삶은
천창우에게 은유이며 상징입니다. 바람으로 하늘을 결박할
수 없고 품을 수 없는 바다에 금 그을 수 없는 것이지요.
하늘이 있는 한 세계의 바람은 그 품 안에 머물 것이고 바다
에 금을 그은 황당한 무리들의 꿈은 사라질 것입니다. 그러
기 위해서 삶은 더 거칠게 꿈틀거려야 하고 시는 지척에서
한 줄기 빛으로 남아 반짝여야 할 것입니다.

아파야지 더욱더 못 견디게 아파야만 해
통증이 깊을수록 삶은 더욱 건강하고
심장이 피 흘릴 때 존재를 확인하며
뇌수를 관통할 때 내 알몸을 찾았지

천창우가 찾은 삶의 본질 앞에 마냥 서럽지 않은 곡비
소리가 있습니다. 삶이 지속되는 한 인간의 슬픔과 꿈은
늘 함께할 것입니다. 그 속에서 우리가 찾는 시의 꿈 또한
지속될 것입니다. 박인탁의 삶과 꿈에 한 아름 가을 억새꽃
을 놓습니다.

곡
비

哭
婢

천창우 歌辭詩集

인쇄 | 2022년 09월 23일

초판1쇄발행 | 2022년 09월 25일

지은이 | 천창우
펴낸이 | 이갑주
펴낸곳 | 도서출판 다컴

등록 | 2005년 8월 9일
등록번호 | 482-2005-000004
주소 | 57939 전남 순천시 강변로 857
전화 | 061)753_8006
FAX | 061)751_4423

ⓒ 천창우, 2021. Printed in Soon-Cheon, Korea

ISBN 978-89-6461-337-5(03800)

정가 9,500원